Foot 2 Rue

Mise à l'épreuve

SÉRIE FOOT 2 RUE
DANS LA BIBLIOTHÈQUE VERTE

Foot 2 Rue n° 1 :
Duel au vieux port

Foot 2 Rue n° 2 :
Goal surprise

Foot 2 Rue n° 3 :
Mise à l'épreuve

D'après la série Foot 2 Rue, librement adaptée d'un roman de Stefano Benni. Concue par Giorgio Welter et Philippe Alessandri. Écrite par Rosenzweig, Beretta et Charpiat.

Novélisation : Michel Leydier.
Conception graphique du roman : François Hacker.

Hachette Livre, 43, quai de Grenelle, 75015 Paris.

FOOT 2 RUE

Mise à l'épreuve

HACHETTE

Port-Marie

Port-Marie est située sur les rives de la Méditerranée. De partout, on y voit la mer et des versants de montagne aride baignés de lumière.

Le petit monde de l'Institut Riffler

L'Institut Riffler est une vieille école de Port-Marie, fondée autrefois par le comte Riffler.
La directrice de l'Institut, **mademoiselle Adélaïde**, est sévère mais juste, comme souvent les directrices.

Chrono est le gardien de l'Institut. C'est un véritable pilier de l'école, car il sait écouter les enfants.

Aujourd'hui, cette école privée abrite les membres d'une équipe de foot de rue, baptisée les Bleus de Riffler, qui est en passe de marquer l'histoire de ce sport.

Tag en est le leader. Il joue comme un dieu et fait craquer les filles (ouah ! les yeux verts !). Tag est orphelin.

Gabriel est le meilleur ami de Tag. Son père vit en Afrique, sa mère en Asie. Tout comme Tag, il est pensionnaire à l'Institut Riffler, et c'est aussi un as du ballon rond.

Toni fait un gardien de but correct, sans plus, mais il se prend un peu trop au sérieux. Sa spécialité : agacer les autres !

Tek et No, au contraire, sont toujours prêts à rendre service. Frères jumeaux, aînés d'une famille nombreuse, ce sont des passionnés de foot et des buteurs nés.

Éloïse est l'héritière de la dynastie Riffler, la descendante du comte. Elle a du tempérament et n'est pas maladroite avec un ballon. Qui a dit que le foot de rue était un sport réservé aux garçons ?

À la découverte du foot de rue

Les règles

Amitié, respect, solidarité, sont les principales valeurs du foot de rue. C'est un mode de vie autant qu'un sport.

Les règles du foot de rue sont celles du football classique, avec beaucoup de libertés et de souplesse en plus. Par exemple, le tirage de maillot est autorisé et l'obstruction n'existe pas, pas plus que le hors-jeu. Le nombre de joueurs par équipe et les dimensions du terrain s'adaptent aux circonstances…

Excepté l'utilisation de la violence, toutes les méthodes sont bonnes pour tromper l'adversaire…

Les équipes

De nombreuses équipes de Port-Marie, dont les Bleus de Riffler, vont se disputer la première place tant convoitée de meilleure équipe de la ville.
Parmi les équipes candidates :
les Fantômes de la Cité,
les Vagabonds du Parc,
les Vampires des Boulevards et
surtout les Requins du Port, dont le chef emblématique se fait appeler **Requin**.

Les Bleus de Riffler devront ensuite affronter des équipes internationales prestigieuses : les Dragons de Shanghai, les Cobras de Calcutta ou encore les Diablesses du Bronx, une équipe entièrement féminine emmenée par une certaine Jane.

Mais les véritables ennemis des Bleus de Riffler ne sont pas leurs adversaires sur le terrain. Le foot de rue a mauvaise réputation auprès d'une partie de la population.

Le maire de Port-Marie, **monsieur Maroni**, ennemi juré du foot de rue, a déclaré la guerre à tous ceux qui le pratiquent !

Quant à la police, elle traque ces sportifs d'un genre nouveau. À lui tout seul, **l'agent Pradet** est un obstacle quotidien à l'épanouissement du foot de rue...

Chapitre 1

Le grand vote

Étincelante sous le soleil, la limousine des Riffler est garée devant le collège d'Éloïse. C'est l'heure de la sortie. Antoine, le chauffeur, se tient droit comme un piquet, la main sur la poignée de la portière qu'il maintient grande ouverte.

— Mademoiselle a-t-elle passé

une bonne journée ? demande-t-il à Éloïse qui se dirige vers lui.

La jeune comtesse ne répond pas car elle a repéré derrière l'abribus, de l'autre côté de la rue, les gesticulations maladroites de Coud'Boule. Pas de doute, c'est bien son attention que le coéquipier de Requin tente d'attirer. « Qu'est-ce qu'il me veut, celui-là ? » s'interroge-t-elle, intriguée.

— Un instant, Antoine, dit Éloïse avant de traverser.

Coud'Boule l'accueille avec des airs de conspirateur. Ce qui n'empêche pas la collégienne de lancer haut et fort :

— Salut Coud'Boule ! Que se passe-t-il ?

— Chut ! J'ai un message pour

ton capitaine, de la part de Requin.

— Pour Tag ?

— Dis-lui que son équipe doit se rendre demain à dix-sept heures à l'ancienne usine à sardines.

— Pour quoi faire ?

Coud'Boule lève les yeux au ciel.

— Pour le grand vote ! répond-il, comme si cela coulait de source.

— Le quoi ?

— Le grand vote !

Éloïse écarquille les yeux mais Coud'Boule fait déjà mine de s'éloigner.

— Eh, attends !... C'est quoi ton grand vote ?

— Pas si fort ! rouspète Coud'Boule.

— Excuse...

— Je t'explique : chaque fois qu'une nouvelle équipe se présente, tous les capitaines des autres équipes doivent se mettre d'accord pour les accepter dans l'organisation secrète. Requin ne peut pas décider à leur place. Mais vous pouvez quand même le remercier, c'est lui qui vous présente !

Coud'Boule reprend son air de mauvais garçon.

— Et faites gaffe ! menace-t-il, c'est pas gagné d'avance : y a des capitaines super coriaces en ville !

— Et comment je fais pour prévenir Tag ?

— Ça, c'est ton problème !

Cette fois-ci, Coud'Boule s'éloigne sans plus se retourner.

Éloïse est très embêtée. Il lui faut à tout prix transmettre cette information. Mais que pensera sa mère en rentrant à la maison si sa fille n'est pas dans la piscine pour sa baignade quotidienne ?

Un groupe de filles agglutinées devant la grille du collège fait naître une idée dans son esprit. Elle se précipite vers l'une d'elles.

— Dis donc, Amélie, toi qui me tannes sans arrêt pour venir te baigner chez moi, c'est maintenant ou jamais !

Sans lui laisser le temps de répondre, elle prend sa copine par la main et la pousse à l'intérieur de la limousine.

— Antoine, j'ai une course très urgente à faire. Ne m'attendez pas,

je rentrerai par mes propres moyens.

— Comme Mademoiselle voudra ! répond le chauffeur avec cérémonie.

— Soyez gentil, ajoute-t-elle, prêtez un de mes maillots de bain à Amélie, ma mère n'y verra que du feu !

Un clin d'œil complice d'Antoine et la limousine démarre.

« Bien joué, ma grande ! » se dit Éloïse. Et elle s'élance au pas de course dans la direction opposée.

Chapitre 2

Le procès

Comme souvent après les cours, les pensionnaires de l'Institut Rifler s'offrent un moment de détente dans leur chambre.

Aujourd'hui, Gabriel feuillette un magazine de football pendant que Tag consulte un cahier secret, une sorte d'album de famille dans lequel il a collé des photos de… footballeurs ! Une galerie de stars du ballon rond, tous ses joueurs préférés y figurent. Parmi eux : Didier Dupré, l'avant-centre du Star Club. Son regard s'attarde sur son portrait.

— Tu trouves pas qu'on se ressemble avec Didier Dupré ?

demande-t-il à Gabriel. Mêmes cheveux, même couleur de peau… Ça me ferait un père génial, non ?

— Tu sais quel âge il a, Dupré ?

— Vingt-deux ans, je crois…

— Ving-et-un ! Et toi treize !... Je te laisse faire le calcul…

— Je disais ça comme ça…

« J'ai bien le droit de m'inventer un père », rouspète Tag dans son for intérieur.

Soudain, la voix de Chrono résonne dans le couloir et sa silhouette apparaît dans l'encadrement de la porte.

— Vous avez de la visite, les garçons ! La petite comtesse Riffler est passée vous dire bonjour !

— Éloïse ? s'exclame Gabriel déjà sur ses jambes. Génial !

Tag ne partage pas l'enthousiasme de son ami.

— Qu'est-ce qu'elle vient faire ici, celle-là ? bougonne-t-il sans même essayer de dissimuler son agacement.

Il ne s'est pas encore fait à l'idée qu'Éloïse soit devenue un membre de l'équipe à part entière.

Dans le hall, au pied du grand escalier, les frères TekNo, Tag et Gabriel entourent leur nouveau goal. Mais les circonstances ne se prêtent guère aux confidences... Aussi Éloïse entraîne discrètement le petit groupe dans la cour afin d'échapper aux oreilles indiscrètes de Chrono.

Derrière le bâtiment principal, à

l'abri des regards, la conversation secrète peut avoir lieu. La jeune fille s'apprête à révéler la raison de sa visite, lorsque Tek l'arrête d'un geste de la main. Un autre espion rôde dans les parages : Toni ! L'ex-gardien de but de l'équipe n'a toujours pas digéré son éviction. Ces messes basses l'intriguent. Plaqué contre un mur, il épie ses anciens camarades.

— On ne sera jamais tranquilles, retrouvons-nous passage Jules-César, derrière l'Institut ! murmure enfin Gabriel à l'attention d'Éloïse.

— Et vous, par où allez-vous sortir ? s'inquiète-t-elle.

— T'en fais pas ! On connaît un passage secret.

— Mais Toni va nous suivre et il ne faut pas qu'il sache ! proteste Tag.

L'existence du passage est connu de quelques rares initiés, qui ne tiennent pas à devenir plus nombreux.

— Mon frère et moi, on s'occupe de Toni ! déclare No.

Tandis qu'Éloïse se dirige vers les grilles de l'Institut au pas de course, Tag et Gabriel foncent vers l'entrée du bâtiment principal. Les jumeaux n'ont plus qu'à cueillir Toni, prêt à s'élancer sur les traces de son ancien capitaine et de son meilleur ami.

— Tu as perdu quelque chose, Toni ? demande Tek.

— Euh ! Non, rien du tout... Comment ça va, les TekNo ?

— Suis-nous quand même, on va t'aider à le retrouver ! rétorque No.

— Mais ?

Sous le double regard menaçant

des jumeaux, Toni obtempère. Pris en sandwich, il se laisse guider jusqu'au réfectoire de l'Institut.

L'heure du dîner n'est pas encore arrivée et la salle vide fera un tribunal tout à fait convenable. Tek et No s'installent derrière une table et ordonnent à Toni de se tenir debout devant eux.

No donne un grand coup de louche sur la table.

— Accusé Toni ! déclare-t-il d'une voix solennelle. Voici la sentence de ta condamnation pour espionnage de tes anciens camarades !

— Arrêtez les gars ! Je vous jure que j'espionnais pas !... Enfin, juste un peu… Mais y a pas de quoi…

Nouveau coup de louche.

— Silence ! hurle Tek.

Toni se tait, tremblant de peur.

— Toni, reprend No, pour les faits qui te sont reprochés, ce tribunal te condamne au cachot à perpétuité ! C'est-à-dire jusqu'au repas de ce soir !

Aussitôt la sentence prononcée, les deux frères se ruent sur

l'accusé. Le prenant chacun par un bras, ils le traînent jusqu'au fond de la salle où se trouve le placard à balais.

— Non ! hurle Toni, pas le cachot !

Mais les juges improvisés demeurent impitoyables : ils projettent Toni à l'intérieur du placard, claquent la porte, ferment la tirette et se frottent les mains de concert.

— Bon débarras, M. le Président ! déclare Tek.

— Oui, bien jugé ! acquiesce No.

Chapitre 3

C'est pas gagné !

Franchir le passage secret qui permet de sortir de l'Institut sans passer par la grille n'est pas une partie de plaisir. Tag et Gabriel le savent bien.

Le parcours du combattant commence dans les sous-sols du bâtiment principal. De longs couloirs mal éclairés, puis une porte qui donne accès à une vaste salle guère accueillante : la chaufferie de l'Institut.

— Retiens ta respiration ! dit Tag en tournant la poignée.

À l'intérieur, on entend des grondements sourds, tandis que des soupapes lâchent sans prévenir des jets de vapeur capables de vous

ébouillanter. Dans un coin de la pièce, une antique chaudière émet des lueurs orangées. Partout ailleurs : un enchevêtrement de tuyaux…

Il s'agit de traverser cette forêt métallique dans une semi-obscurité, sans heurter les conduites, ni les manettes et autres robinets. Mais le plus insupportable est sans doute la chaleur qui règne ici.

— C'est un véritable sauna ! s'exclame Gabriel.

Les deux garçons n'ont pas fait trois pas qu'ils sont déjà en sueur.

— Dépêchons-nous, s'écrie Tag, on va fondre !

La porte du fond leur permet de s'extraire de cette étuve. Une fois refermée derrière eux, ils peuvent de nouveau respirer à pleins poumons.

— Je passerais pas par là tous les jours ! avoue Gabriel.

— Sauf peut-être pour aller retrouver ton Éloïse, lance Tag, ironique.

— Pourquoi tu dis ça ?

— Pour rien. Allons-y !

Un dédale de petites pièces les conduit ensuite à une porte coupe-feu. La difficulté ici est de la retenir délicatement derrière soi, de manière à la laisser entrouverte. Sans quoi il deviendrait impossible de revenir sur ses pas…

De là, court un long et obscur corridor inondé d'eaux stagnantes, au bout duquel on entr'aperçoit une pluie de lumière du jour.

Lorsque les deux garçons y parviennent, une ultime épreuve les attend : grimper le long de la paroi inclinée qui servait autrefois aux livraisons de charbon.

Enfin, au sommet du toboggan, il ne reste plus qu'à pousser le soupirail.

— Ouf ! lâche Tag, alors que tous les deux se retrouvent sur le trottoir du passage Jules-César.

Éloïse, qui commençait à s'impatienter, se précipite vers eux.

— Vous en avez mis du temps !

— J'aimerais bien t'y voir,

répond Tag, les mains noires de poussière et de suie. Bon, ce message du Requin, qu'est-ce que c'est ?

« Jamais content, ce Tag ! » commente-t-elle pour elle-même. Puis elle se lance enfin dans son rapport.

— Et tous les capitaines de foot de rue de Port-Marie seront là ! conclut-elle.

— Pourtant, objecte Tag, je croyais qu'on était déjà une équipe...

— Moi aussi, coupe Éloïse. Mais il paraît que c'est la règle. Tous les capitaines doivent voter à l'unanimité pour accepter une nouvelle équipe dans l'organisation.

— Et qu'est-ce qu'on devra faire ? demande Gabriel.

Éloïse hausse les épaules.

— Tout ce que m'a dit Coud'Boule, répond-elle, c'est que c'est pas gagné d'avance... Bon, je dois retourner vite fait chez moi. On se retrouve demain à l'entrée du port !

À cet instant précis, la mère d'Éloïse rentre chez elle.

Comme à son habitude, elle dépose son sac dans le salon avant de gagner la terrasse.

— Bonjour ma chérie, as-tu passé une agréable journée ? lance-t-elle en direction de la jeune fille qui nage dans la piscine.

Amélie se sent prise au piège,

mais elle ne panique pas. Sans répondre à la comtesse, elle continue sa longueur de bassin en lui tournant le dos.

Heureusement, la chance lui sourit : une sonnerie rappelle la mère d'Éloïse au salon… Pour une de ses activités quotidiennes favorites : papoter au téléphone !

Chapitre 4

La chute

La comtesse est si bavarde que ses conversations téléphoniques n'en finissent pas. Avant qu'elle ne raccroche, Éloïse a eu le temps de rentrer, de passer un maillot de bain, de prendre la place d'Amélie dans la piscine et de laisser cette dernière s'éclipser discrètement...

Lorsque Mme Riffler réapparaît sur la terrasse, Éloïse sort de l'eau. Elle dépose une bise sur la joue de sa mère et décrète :

— Je vais faire mes devoirs, maman !

La comtesse s'apprête à lui répondre, mais déjà le téléphone sonne de nouveau...

À l'autre bout de Port-Marie, dans le réfectoire de l'Institut Riffler, les TekNo, escortés par Tag et Gabriel, s'approchent du placard à balais. L'heure du dîner va bientôt sonner, et il est temps de libérer Toni.

Mais, en ouvrant la porte, c'est la stupéfaction : le prisonnier s'est évadé !

Une voix grave dans leur dos fige les quatre garçons sur place.

— Vous cherchez quelqu'un ?

Les bras croisés bien haut sur le thorax, Chrono les toise d'un œil sévère.

— S'il s'agit de Toni, sachez qu'il est dans le bureau de la directrice, en train de se plaindre des mauvais traitements que vous lui avez fait subir…

Tag est le premier à se retourner pour faire face à Chrono. Il devine qu'un sale quart d'heure l'attend. Et il ne se trompe pas.

— Quant à toi, Tag ! gronde Chrono. N'ai-je pas été assez clair ? Faut-il que je te rappelle les termes de notre accord ?

— Mais M'sieur, bafouille Tag.

— J'accepte certaines de vos activités secrètes à trois conditions. Premièrement : qu'elles ne concernent que le foot !

Tag hoche la tête humblement.

— Deuxièmement : que vous formiez une véritable équipe ! Et de qualité !

Tag hoche de nouveau la tête.

— Et troisièmement : que je sois toujours tenu au courant de vos

activités pour en être le seul juge ! C'est bien compris ? Alors, je t'écoute !

Le capitaine de l'équipe Riffler cherche un soutien dans le regard de ses camarades. Mais c'est lui qui a passé cet accord avec Chrono, le jour où la directrice a confisqué son ballon. Il s'est engagé personnellement et n'a jamais fui ses responsabilités. Ce n'est pas aujourd'hui que les choses vont changer.

Tag refait face à Chrono et lui déclare droit dans les yeux :

— D'accord, M'sieur ! Je vais tout vous expliquer !

Le lendemain, peu avant dix-sept heures, les quatre garçons piaffent dans la cour de l'Institut. Mademoiselle Adélaïde s'est lancée dans une interminable discussion avec un parent d'élève devant la grille, rendant leur escapade impossible.

— Prenons le passage secret, décide Tag, sinon on n'y sera jamais à temps !

— Après le savon d'hier, tu

trouves pas que c'est un peu risqué ? s'inquiète Gabriel.

— Pas plus que par la grande porte. De toute façon, Chrono nous couvre... Allons-y !

Quelques minutes plus tard, les élèves de Riffler ont traversé la fournaise de la chaudière et les boyaux lugubres qui mènent au

passage Jules-César. Ils reprennent leur souffle sur le trottoir, lorsque Gabriel suggère :

— Dépêchons-nous ! Éloïse doit se demander ce qu'on fabrique.

Intérieurement Tag est furieux. « Il commence à m'agacer avec son Éloïse », pense-t-il…

— C'est pas Éloïse qui me préoccupe, rétorque-t-il, ce sont les capitaines d'équipe qui vont devoir nous juger. Sûr qu'on va perdre des points si on arrive en retard !

À toute vitesse, les quatre garçons dévalent les rues en direction du vieux port.

Juste avant d'y parvenir, Tek trébuche sur un trottoir. Il perd l'équilibre et son genou heurte violemment le sol.

No se précipite vers son frère.

— Ça va, Tek ?

Mais le jumeau reste à terre.

— Teeeek ! hurle No.

Chapitre 5

Une équipe de bras cassés

L'ancienne usine à sardines n'est plus qu'un vaste hangar en ruine. Même l'odeur de poisson a été balayée par les courants d'air qui la traversent depuis des années.

Les Requins du Port, en tant qu'initiateurs du grand vote du

jour, sont là au grand complet. Cartoon et Coud'Boule, ainsi que Pouss'Mouss' et Marteau, entourent leur chef bien-aimé. Celui-ci arbore fièrement sa casquette incrustée de dents de requin. Juché sur un bidon métallique, comme un roi sur son trône, il accueille les capitaines des autres équipes de foot de rue de Port-Marie.

— Salut, Laclass !

Laclass est un petit bonhomme d'origine africaine plutôt jovial, représentant les Vagabonds du Parc.

Il est arrivé en même temps que Val, un grand albinos maigre comme un clou, capitaine des Barracudas du Centre commercial. On se salue poing fermé contre poing fermé, c'est la coutume dans le foot de rue.

Puis se présente un dénommé Ben. Un grand blond au visage fermé que tous les autres semblent craindre. Ben est le chef des Fantômes de la Cité.

Enfin, dernier arrivé mais pas le

plus discret : Fred, visage pâle et cheveux noirs dans la plus pure tradition gothique. Nul ne s'étonnera qu'il défende ici les couleurs des Vampires des Boulevards.

La cérémonie du grand vote pourrait commencer s'il ne manquait à l'appel les principaux intéressés : ceux à propos de qui les autres capitaines vont devoir se prononcer : les Cinq de Riffler !

Tout à la fois ironique et agressif, Ben lance à Requin :

— Alors, elle est où ta nouvelle équipe ? Je te préviens, je n'ai pas de temps à perdre avec des ringards !

— Calme-toi, Ben, je sais ce que je fais. Ils sont prévenus et ils vont arriver.

Tout en bougonnant, Ben va s'adosser à un mur, à l'écart. Les autres blaguent entre eux. Quelques minutes s'écoulent.

Puis Ben, de plus en plus furieux, revient à la charge :

— Dis donc, Requin, ils se prennent pour qui, tes nouveaux ?

demande-t-il. Pour des stars du foot ?

— Je te dis qu'ils vont venir, répond Requin, agacé.

— Quand ça, demain ? Je les sens pas, moi ! Quand on est convoqué pour le grand vote, on arrive à l'heure, on ne fait pas attendre les Anciens !

Requin s'apprête à répliquer plus violemment, lorsque Cartoon se met à lancer des coups de semonce, imitant un bâtiment de guerre.

— Boup ! Boup ! Boup ! Boup ! Boup !...

Tous les regards convergent alors dans la direction pointée par son bras. Les Cinq de Riffler font enfin leur entrée dans l'usine à sardines.

Tag et Éloïse, tous deux en nage, ouvrent la marche. Derrière eux, Gabriel et No encadrent Tek en lui soutenant une épaule chacun.

— Qu'est-ce que je disais… glisse Requin à Ben.

En avançant vers Requin, les nouveaux venus se sentent déshabillés du regard par les maîtres du foot de rue de la ville. Extrêmement embarrassé, Tag bredouille :

— Excusez-nous, nous avons eu quelques petits ennuis…

Éloïse n'ajoute rien, mais elle a jugé Ben d'un seul coup d'œil.

« Celui-ci a l'air franchement hostile, se dit-elle. S'il faut se méfier de quelqu'un ici, c'est sûrement de lui. » Et Ben lui donne aussitôt raison en demandant d'un ton sarcastique :

— C'est ça, ta nouvelle équipe, Requin ? Eh bien ça promet ! Cinq gamins, dont une fille et un blessé !

— Je suis pas blessé ! intervient Tek. Juste une bosse au genou en tombant, mais je peux très bien jouer !

— Quant à la fille, ajoute Éloïse, elle te donne rendez-vous sur le terrain. Tu feras tes commentaires après !

— Mais c'est qu'ils se rebiffent ! rétorque Ben avant de se tourner vers le maître de cérémonie. Franchement, Requin, c'est tout ce que tu as trouvé ? Tu me fais venir ici pour rencontrer cette équipe de bras cassés qui n'a aucun respect pour les votants ? Permets-moi de te dire que tu baisses, Requin ; tu me déçois, même…

« Bonjour l'accueil ! » pense Tag.

Lui et sa bande, qui n'ont pas pour habitude de se laisser traiter de bras cassés, se sentent prêts à en découdre s'il le faut. Coud'Boule, de son côté, a déjà retroussé ses manches. L'honneur de son chef est mis en cause et les poings doivent parler. Il se précipite vers Ben avec la ferme intention de le réduire en pâté.

Chapitre 6

Le roi des coups tordus

— Stop ! hurle Requin.

Coud'Boule suspend son geste. Tous les regards se tournent vers le chef des Requins du Port dans un silence de mort.

— Bien ! reprend ce dernier plus posément. Si Ben a fini son cinéma, on va pouvoir passer au vote…

Mais le capitaine des Fantômes de la Cité n'a pas terminé.

— Comment ça, passer au vote ? Mais je ne sais rien d'eux ! Ni ce qu'ils valent avec un ballon au pied ! Et est-ce qu'on peut leur faire confiance ?

Ben se tourne vers les autres capitaines et poursuit :

— Pas vrai les gars qu'il faut faire ses preuves pour être admis ?

Laclass, Fred et Val n'osent pas prendre parti. En revanche, Tag bout intérieurement. Les humiliations de ce Ben ont mis à mal sa patience. Le Ballonkigagne en main, il fait un pas vers lui.

— Nous non plus, on ne sait rien

de toi ! Es-tu digne de confiance ? Et si tu veux savoir ce qu'on vaut avec un ballon, on te le montre quand tu veux !

— Un défi ? ricane Ben, j'y crois pas ! Tu entends ça, Requin ? Le nouveau m'a lancé un défi ! Tout le monde est témoin ?

Tag serre les dents. Éloïse et Gabriel lui adressent un regard complice. « Vas-y Tag ! semblent-ils lui dire. Te laisse pas intimider ! »

— Requin, puisque c'est toi qui présides, continue Ben, à toi de lancer le défi !

Requin se tourne vers Tag et prend un air désolé.

— Ben a raison, Tag, il y a bien défi. Ton équipe va devoir affronter...

— Je n'ai rien à faire de son équipe pour le moment, coupe Ben. C'est lui que je veux !

Et il tend vers Tag un doigt vindicatif.

Celui-ci ne se démonte pas. Ben ne lui fait pas peur. Soutenant son regard, il fait un pas de plus dans sa direction et déclare :

— Si tu veux te battre, autant te prévenir tout de suite : nous, on ne se bat qu'avec ça !

Tag fait rebondir avec force son ballon à ses pieds.

Au second rebond, Ben tend le bras et intercepte au vol le Ballon-kigagne.

— Minute, le nouveau ! dit-il. Tu m'as défié, ce n'est pas à toi de choisir comment ça se règle !

À cet instant, Requin saute de son « trône » et vient s'interposer entre les deux garçons avant que la situation ne dégénère.

— Ça n'est pas à toi non plus, dit-il. Ici, on est au port, et c'est moi qui décide !

Requin reprend le ballon des

mains de Ben et déclare bien fort, afin d'être entendu de chacun :

— Vous voulez tous savoir ce que valent les nouveaux, pas vrai ? Alors on va faire un match, la première équipe qui marque a gagné !

— D'accord, dit Ben, je vais chercher mon équipe.

— Inutile ! réplique Requin. Ils sont cinq et nous sommes cinq capitaines ici. Ils feront leurs preuves face à nous. À toi, Ben, de choisir le terrain !

Sans même attendre sa réponse, Requin prend Tag par l'épaule et l'entraîne à l'écart.

— Méfiez-vous de Ben, dit-il tout bas, c'est le roi des coups tordus !

Mais Tag est remonté à bloc, il se sent prêt à affronter l'équipe nationale du Brésil s'il le faut !

— T'inquiète ! On va lui montrer ce qu'on sait faire.

— Et ton blessé du genou, il va pouvoir jouer ?

Tag fait signe aux TekNo d'approcher.

— Alors Tek, demande Tag, tu te sens d'attaque ?

— Pas de problème, répond Tek.

Un trois mille mètres, je dis pas, mais marquer un but sur une bonne passe, tu peux compter sur moi !

Rassuré sur la santé physique et le moral de ses protégés, Requin retourne vers Ben.

— Alors Ben, où as-tu décidé de jouer ?

Chapitre 7

Comme un toréador

Vingt minutes plus tard, la petite bande déboule dans le centre-ville, place Pietraccia, très animée à cette heure. Les habitants du quartier font leurs courses et les promeneurs profitent du soleil de fin d'après-midi.

— Tu crois vraiment que c'est

une bonne idée de jouer ici ? demande Requin à Ben. On a disputé un match l'autre jour et ça a failli se terminer en émeute !

— J'ai le choix du terrain ou pas ? répond le capitaine des Fantômes de la Cité, toujours aussi énervé. Maintenant, si les nouveaux ont peur de s'attirer des ennuis, qu'ils le disent tout de suite. On gagnera du temps pour le vote !

Il se tourne vers les Cinq de Riffler et reçoit autant de regards noirs.

— Bon, on commence ? demandent en chœur et d'un air rageur les TekNo.

Conformément à la règle, Ben choisit l'emplacement des buts. Requin, le gardien de l'équipe des capitaines, se positionnera au départ d'une ruelle donnant sur la place. Pour le but adverse, une boutique fermée de l'autre côté de la place fera l'affaire. Éloïse devra empêcher les attaques adverses d'atteindre le rideau de fer.

— T'es cinglé ! proteste Laclass. Le salon de coiffure est juste à côté. On va encore s'attirer des embrouilles !

— C'est moi qui décide, vu ?

Plus d'objection. Éloïse adresse un petit sourire à Laclass.

— T'inquiète ! dit-elle. Pas un ballon ne passera !

Puis elle rejoint ses quatre coéquipiers et, ensemble, ils gagnent leur camp. C'est le moment ultime pour Tag de donner quelques consignes.

— T'en fais pas, Éloïse ! Gabriel et moi, on reste en défense. Vous, les TekNo, vous allez en pointe et vous n'en bougez pas, d'accord ? On se charge de vous envoyer des ballons exploitables. À vous de faire le reste !

Éloïse s'installe devant sa grille. À quelques mètres d'elle, le chihuahua du coiffeur l'observe avec curiosité, tout en prenant le soleil devant la vitrine de son maître.

Tous les joueurs sont prêts. Ben lance à Éloïse un regard d'intimidation. Mais elle ne détourne pas les yeux : « Il est temps de lui faire payer son arrogance à celui-là ! » marmonne-t-elle.

Ça y est, le coup d'envoi est donné : Fred « le Gothique » a frappé dans le ballon, en direction de Ben. Ce dernier évite le marquage de Tag et s'engage volontairement au milieu d'un groupe de promeneurs, les bousculant au passage, ce qui provoque les premières protestations.

Puis il traverse le terrain et remarque Gabriel positionné sur l'aile, juste devant l'étal d'une boutique de fruits et légumes. Il frappe alors du pied gauche en visant un monticule d'oranges. Gabriel recule aussi vite qu'il peut pour intercepter le ballon de la tête, en vain. Emporté par son élan, il bascule contre l'étal et un cageot de fruits se répand sur le trottoir…

— Fiche le camp d'ici, petit voyou ! hurle la marchande.

— Excusez-moi, M'dame, dit-il, je vais ramasser.

Pendant qu'il s'exécute, Tag vient récupérer le ballon et remonte le terrain. Il se débarrasse facilement du pressing de Fred puis de Val, mais Laclass vient le tacler proprement et le déposséder ainsi du ballon. Le leader des Vagabonds du Parc évite No de justesse et parvient à donner à Val, qui trouve Ben largement démarqué.

Gabriel étant toujours occupé à ramasser les oranges, Ben en profite pour s'approcher d'Éloïse et tenter sa chance d'un puissant tir à ras de terre. Éloïse plonge du bon côté et parvient tout juste à le dévier du poing. Le ballon finit sa course contre le museau du chihuahua.

Les aboiements hargneux du petit chien font surgir son maître en quelques secondes.

— Assassins ! Qu'est-ce que vous avez fait à mon petit Marcel ? hurle le coiffeur. Un pauvre petit chien sans défense, et cardiaque en plus ! Vous méritez la prison !

— Ne vous en faites pas ! compatit la marchande de fruits. Ils ne s'en tireront pas comme ça ! Regar-

dez ce qu'ils m'ont fait ! dit-elle en montrant quelques oranges éclatées. Mais j'ai prévenu la police !

Aussitôt, quelques passants renchérissent :

— Vous avez bien fait ! dit une dame.

— C'est un scandale ! s'écrie un vieil homme.

— J'ai vu tous les coupables ! ajoute une autre. Je donnerai leurs signalements !

Mais l'incident n'a pas interrompu le jeu. Gabriel a lancé la contre-attaque. Une passe à Tag, qui trouve No loin devant. Le ballon circule d'un jumeau à l'autre et Tek, encore assez instable sur ses jambes, arme son pied droit lorsque Ben le projette violemment au sol d'un coup d'épaule par derrière.

— Quel tordu ce Ben ! lâche Requin.

Plus de peur que de mal : Tek est déjà debout.

Pendant ce temps, Ben est reparti balle au pied. Une-deux avec Laclass pour effacer No, et le voilà seul…

— Et maintenant, le coup de grâce ! lâche-t-il entre ses dents.

À la surprise générale, il tire volontairement contre une façade en rénovation, à hauteur du troisième étage. Un homme est en train de peindre, installé sur une passerelle suspendue. Le ballon vient heurter son épaule. Déséquilibré, il part à la renverse et parvient d'extrême justesse à se raccrocher à la corde. Il découvre alors sous lui les visages ahuris de Tag et de Gabriel.

— Ça va vous coûter cher, bande de voyous ! s'écrie-t-il. On se retrouvera, je vous le promets ! Et si c'est pas moi, ce sera la police !

Une sirène retentit soudain dans le lointain.

Ben sort de sa cachette et lance à ses adversaires :

— J'ai l'impression que pour vous, le foot de rue à Port-Marie, c'est fini cette fois...

« Tu ne t'en tireras pas comme ça ! » semble lui promettre Tag du regard.

Et voilà Ben pris à son propre piège : les joueurs de Riffler ont récupéré le ballon et s'acheminent promptement vers les buts adverses. Entièrement rallié à leur cause, Requin, à la manière d'un toréador, s'écarte pour laisser filer dans la ruelle le ballon que Tek pousse négligemment du pied.

Ben se précipite, mais trop tard !

Dans les secondes qui suivent, alors que le bruit de la sirène se rapproche, tous les mordus de foot de rue ont disparu de la place Pietraccia…

Chapitre 1

Le verdict

De retour au vieux port, on a allumé un feu avec les moyens du bord car la nuit est tombée. Le brasero improvisé à l'intérieur d'un vieux bidon rouillé disperse des lueurs jaunes dans l'ancienne usine à sardines.

Requin a retrouvé sa place de maître de cérémonie.

— Tag, Éloïse, Gabriel, Tek et No, puisque vous avez relevé le défi avec succès, nous allons pouvoir procéder au grand vote, lance-t-il d'un ton solennel. Capitaines, à vous de vous prononcer !

Les Cinq de Riffler se sont regroupés en se tenant par les épaules. Chacun d'eux retient son souffle.

Laclass est le premier à faire un pas en avant et à lever la main.

— Au nom des Vagabonds du Parc, je vote oui ! déclare-t-il.

— Pour les Barracudas du Centre commercial, c'est oui aussi ! renchérit Val.

Fred avance à son tour.

— Je suis d'accord avec eux. Et les Vampires des Boulevards le seront aussi !

Requin fait les comptes.

— Un, deux, trois, avec moi ça fait quatre ! Il manque le vote des Fantômes de la Cité. Ben ?

Un peu à l'écart, les mains dans les poches, Ben affiche une mine renfrognée. Il n'ose pas affronter tous les regards braqués sur lui.

L'inquiétude se lit sur le visage

de Tag tandis qu'Éloïse trépigne...

— Ben ? insiste Requin, on n'attend plus que ton vote !

Le capitaine des Fantômes de la Cité laisse planer un long silence, puis il lève furtivement une main avant de la replacer bien vite au fond de sa poche.

— Ouais ! exultent les joueurs de Riffler, emportés par une explosion de joie.

Requin descend de son piédestal et vient les congratuler.

— Cette fois, vous faites vraiment partie des nôtres. Bienvenue parmi les équipes officielles de foot de rue !

Sur le chemin du retour, les joueurs de Riffler se félicitent.

— Vous avez vu la tête de Ben ? demande Éloïse, radieuse.

— Ouais ! Et c'est le « blessé » qui a marqué l'unique but ! fait remarquer No.

— Et c'est la « fille » qui a arrêté son propre tir ! ajoute Gabriel.

— Chrono sera fier de nous ! conclut Tag avec un grand sourire.

Table

CHAQUE PARTIE PORTE SON LOT
DE FRISSONS... AMITIÉ, RESPECT
FOOT DE RUE.

Entre 4 vestes,
2 haies de buissons

Déferle un flot de pression

Chaque partie porte
son lot de frissons

Partage, fair-play, foot de rue

Tous parés pour la compétition

Symbole d'une génération

C'qui nous lie, plaisir et passion

Amitié, respect, foot de rue

"AKH"

AKHENATON

La série *Foot 2 Rue* relaye les valeurs prônées par les Nations unies dans le cadre de l'Année internationale du sport et de l'éducation physique.

Le sport pour la paix et le développement dans le monde

Le sport développe la solidarité et constitue la meilleure école de vie qui soit. Le sport enseigne des valeurs essentielles comme gérer la victoire et surmonter la défaite. Il nous apprend à nous insérer dans un groupe, à respecter nos adversaires et à suivre les règles. En pratiquant un sport, nous développons la persévérance et la discipline ainsi que le courage et la responsabilité dans la prise de risque.

Les Nations unies défendent les vertus du sport et encouragent les champions à servir de modèles pour les générations futures. À travers l'Année internationale du sport et de l'éducation physique (AISEP 2005), les peuples et les gouvernements du monde entier sont encouragés à pleinement utiliser le pouvoir du sport pour construire un monde meilleur.

Chacun est invité à participer à cette Année internationale du sport. Initiez-vous à un sport ou apprenez une nouvelle discipline à vos amis ; investissez-vous dans les clubs de votre ville ou de votre école ; faites-vous des amis en pratiquant un sport ensemble et réalisez combien le sport est indispensable à une vie plus saine et plus équilibrée.

Pour plus d'informations sur l'année du sport, visitez le site www.un.org/sport2005

Nations Unies 60 A l'heure du renouvellement

Sport2005 Année internationale du sport et de l'éducation physique

Retrouve la team de Foot 2 Rue en BD !

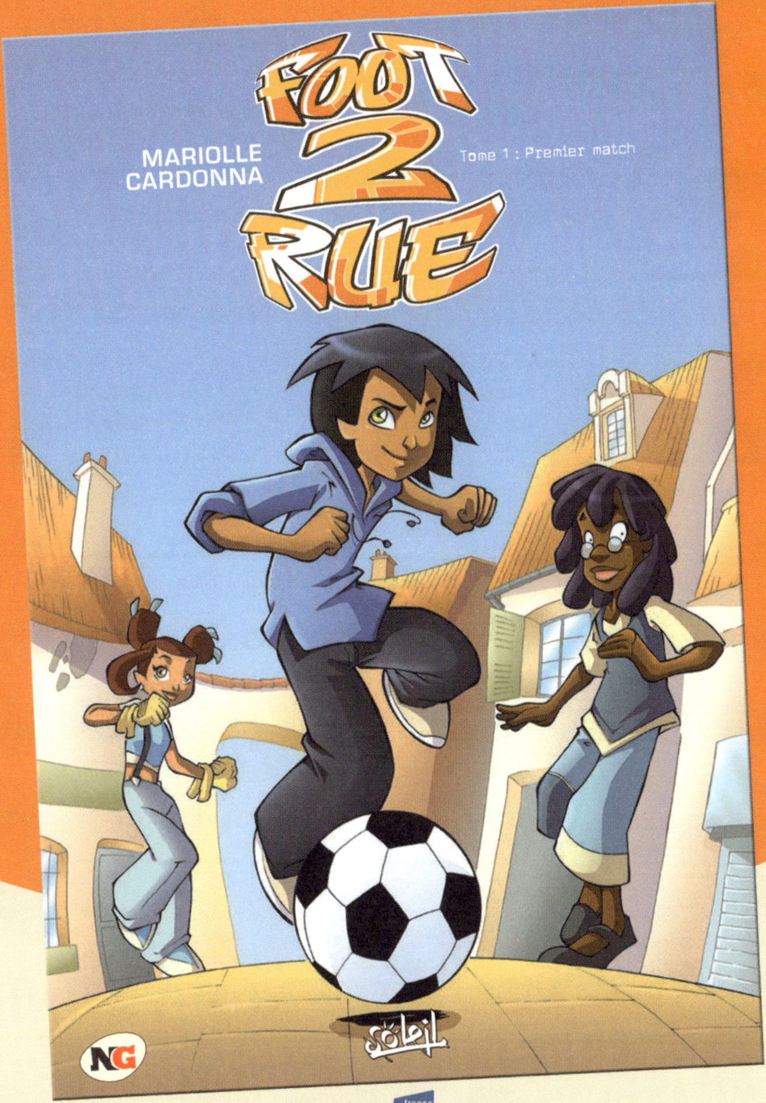

Akhenaton
"STREET FOOTBALL"
FOOT 2 RUE
STREET FOOTBALL
FOOT 2 RUE
vu sur france 3
D LA BALLE
TOUTES LES MUSIQUES TRÈS FOOT ET TRÈS RAP...
MAINTENANT DISPONIBLES !
©TELE IMAGES KIDS
©TELE IMAGES EDITIONS/FRANCE TELEVISIONS DISTRIBUTION
DESIGN ADDRESS

Imprimé en France par ***Partenaires Book***® (JL)
dépôt légal n°70858 – avril 2006
20.07.1134.01/4– ISBN 2-01-201134-9
Loi n°49-956 du 16 juillet 1949
sur les publications destinées à la jeunesse